SV

Patrick Roth

Meine Reise zu Chaplin

Ein Encore

Suhrkamp Verlag

Erste Auflage 1997

Satz: Libro, Kriftel
Druck: Allgäuer Zeitungsverlag, Kempten
Printed in Germany

Für Louis Begley

Love comes unseen.

Amerikanisches Sprichwort

All I need is the opportunity.

Charlie Chaplin

Der flüchtige Held aber sprang in eine Kapelle, die in der Nähe war, und gleich oben zum Fenster in einem Satze wieder hinaus.

Brüder Grimm
Das tapfere Schneiderlein

1

Alles beginnt im Dunkeln.

Ich lag als Fünfjähriger mit schwerem Fieber im Bett, da hörte ich meine Großmutter der Mutter zuflüstern:

»Laß den Bub doch Chaplin kucken, wenn er aufwacht. Der tut ihm sicher gut.«

Die ersten Bilder von ihm, die ich nach dem Umgebettetwerden vom Sofa aus sehen durfte, unterschieden sich nur geringfügig von meinen Alpträumen, liefen hastig im Fieberschwarzweiß des Kriegs vor mir ab, lösten Lachsalven bei Großmutter und Eltern aus, die mir unverständlich blieben, weil ich mit meinen fiebrigen Augen die Figuren in den unscharfen und wie von Hahnenfüßen zerkratzten, heller und dunkler flatternden Fernsehbildern nur geköpftkopflos hin- und herwuseln sah. Schlachthofkomik, grauenhaft! Ich sah weg, schob die Hand unters Laken und schlief wieder ein.

Charlie Chaplin war in Bemerkungen meiner

Eltern, Erzählungen der Großeltern, der Onkel und Tanten, wiederholt aufgetaucht. Sprichwörtlich war er, als habe es »Chaplin« schon immer gegeben. Und schnell. Wenn sein Tramp irgendwo was angestellt hatte, ließ er sich nicht fassen, schlug schneller zu als die anderen, entkam schneller, um schnell irgendwo noch schnell anderes anzuzetteln.

Unglaublich. Aber wahr. Denn Chaplin besaß, gerade weil ihn die Erwachsenen nannten, auch Wirklichkeit. Im Kindergarten wußte mal einer von uns:

»Der hat doch auch die Autobahn gebaut.«

Na klar. Und leicht einzusehen, warum. Denn auch die Autobahn war »schnell«, vom Herrn der Ungeduld, vom Herrn der Fluchtwege gebaut, damit auch andere Leute, mein Vater zum Beispiel, Gelegenheit hätten, sich am Wochenende per Aufholjagd schnell bei Verwandten zu zeigen, sie aber, wenn's uns Kindern langweilig wurde oder ein Heimspiel des KSC bevorstand, ebenso schnell wieder im Rückfenster des kleinen VW verschwinden zu lassen.

Schon in Chaplins Namen erschien uns Schnelligkeit mit Komik gemischt. CHAP war das Geräusch, das ein Zweig machte, wenn man ihn in fliegendem Lauf mit raschem Schwertstreich abschlug: CHAP! Unheimlich nah waren wir damals, ohne 's zu ahnen, einer Herleitung seines Namens, die »Chaplin« als englische Variante des französischen *chaplain* (»Kaplan«, eigentl. »Geistlicher in einer Kapelle«) deutet, dahinter aber noch die *Capellani* erkennt, jene Hüter der *capa*, des Mantels Sankt Martins, den der Heilige mit einem Schwertstreich teilend dem frierenden Bettler zugeworfen hatte. CHAP.

Schwertstreich bleibt Schwertstreich, hätten wir damals gesagt. Die Verkleinerungsform CHAP-lin jedenfalls bedeutete uns soviel wie »kleiner Streich« oder »Kleiner, der Streiche macht«.

Was für Streiche?

Streiche, die Spuren hinterlassen.

Insofern waren auch jene verkratzten Filmstreifen, die das Fernsehen zeigte (die großen

Filme hatte Chaplin damals aus dem Verkehr gezogen), bei uns Kindern enorm beliebt. Es schien uns, als seien die Kratzer durch Chaplins wahnsinnig schnelles Handeln, durch seine Unruhe, juckende Ungeduld, herrliche Streitsüchtigkeit, durch seinen zähen Lebenswillen und seine Lust zu Streichen entstanden. Der Kleine, der Streiche macht, wollte *gesehen* werden, weigerte sich schon in seinem ersten öffentlich gezeigten Streifen, *Kid Auto Races At Venice*, der Kamera aus dem Weg zu gehen, verkratzte uns kräftig das Glas, hinter dem wir saßen und glotzten, und sagte damit: »Ja, schaut her! Her zu mir! Wie ich die Kurve kratze! Beißt euch durch! Hinterlaßt Spuren!« Jedes Kind hat ihn wortlos so verstanden.

Wieder im Dunkeln.

Acht Jahre später.

Wir saßen im Kino, dreizehnjährig, ließen uns von *Doktor Schiwago* überrollen, verliebten uns alle in Julie Christie, die Mädchen in Omar Sharif. Aber spätestens auf dem Nachhauseweg, als ich ihre Augen nicht vergessen konnte, hatte ich eine zweite Geliebte: die Frau, die Schiwago zurückgelassen, der er untreu geworden war und die, wie wir wußten, »in Wirklichkeit« Geraldine Chaplin hieß, Charlies Tochter.

Die von Schiwago zu Unrecht Verlassene war, so schien es mir, in ihrem Verlassensein, ihrem verlassenen Treubleiben, nur noch schöner geworden, hatte sich ganz in ihre Augen zurückgezogen, diese zu schwarzen Schlitzen geschlossen, auch die schreckweiße Haut ihres Körpers so eng um sich gespannt, daß es mich noch in der Erinnerung überkommt, wie sehr man als Junge die Arme um sie legen, sie wärmen und lebenslang liebhaben wollte.

Im selben Jahr entdeckte ich auf dem Schulhof eine Quintanerin, die Geraldine Chaplin ähnlich sah. Und wie diese schien sie sich ihrer irrsinnigen, eigenartigen Schönheit überhaupt nicht bewußt. In fliegendem Lauf, aus der Mitte des Flüsterbogens, den zwei Freundinnen um sie schlossen, stieß ihr Bild in mich, verschlug mir schwertstreichs den Atem: CHAP.

Während jeder Schulpause gab es jetzt nur eines: sie zu finden, sie zu sehen und – vielleicht – von ihr gesehen zu werden. Sie anzusprechen, hielt ich seit ihrem Auftritt in unserer Aula für ausgeschlossen. In Anwesenheit aller Schüler hatte sie auf ihrer Querflöte Debussys *Syrinx* gespielt. Syrinx, das ist die Flöte des Pan. Aber auch der Name des Mädchens, das sich dem Gott noch unter der Hand ausgelöscht hatte, verwandelt entkommen war. Panisch-chaplinesk war auch meine Reaktion: unnahbar war sie jetzt, denn »niemand kam an sie heran« – aber auch grenzenlos begehrenswert.

Einmal, wieder beim Gehen, auf dem Pausenweg, hielten ihre Mitengel überraschend, umstanden sie schützend. Scheinheilig mußte ich weiterlaufen, wollte den Deckmantel des lässigen Pausenschlenderers nicht verlieren. Als ich nahekam, verlangsamte ich doch, denn ich sah: Sie hatte einen ihrer Zöpfe gelöst, um ihn mit schnellen Fingern neu zu flechten. Sekundenlang glaubte ich genau zu wissen, wie fließend-glatt ihr Haar sich anfühlte, wie kühl und dichtgepreßt es in den schwarzen Zopfspangen stak, die ihre Fingerspitzen abschließend berührten. Ich war an der Gruppe fast schon vorbei, da blickte sie auf und sah mich: sehen. Errötete, als schaute ich auf eine Blöße. Strich sich den Zopf über die Schulter und lächelte mir zu.

Warum bin ich damals weitergegangen?

She sends me. Diese heute veraltete Redensart Verliebter war in den USA der fünfziger Jahre noch oft zu hören. Ende der Sechziger entsprach ihr dann: *she turns me on* (sie erregt mich). Aber in *she sends me* war noch das Bild der Reise beschlossen, Reise ins Reich der Gefühle, Bild des Reisenden, der der »Senderin« zusingt: *I would do anything for you.* Tödlich-wörtlich ist das zu nehmen, bis zur Selbstaufgabe, Gefangenschaft, grausam genug. Denn der »Gesandte«, dieser reisend Liebende, dient immer. Dient – ohne 's zu wissen – dem Gott, Eros, dem alles Lieben, alles Fragen gilt. Dem daher alle großen Reisen gelten. *He sends you.*

In der Nacht, die über meine Reise nach Los Angeles und meine nächsten 22 Jahre entscheiden sollte, saß ich Rücken an Rücken mit einer amerikanischen Anglistikprofessorin der Freiburger Uni. Unter der Leitung eines englischen Regisseurs probten die Lehrkräfte des Fachbereichs Anglistik eine Aufführung von Arthur Millers *The Crucible* – im Original. Ich war der einzige Student, der mitwirken durfte. Rücken-an-Rücken war eine *exercise*, mit der unsere »Sensibilität für non-verbales Kommunizieren« erprobt werden sollte. Eine Erfahrung, die in *einem* Sinne wenigstens *sending* verlief. Zwar sprang beim Sich-Streifen, Sich-Reiben der blinden Schulterblattpaare nichts über aufs Paar. Denn wir dienten nicht, auch nicht unwissentlich; sondern benutzten »Technik«: sehr wohl wissentlich. Aber als der Regisseur einmal sah, daß sich unsere Hände beim Abstützen versehentlich berührten, rief er: *»Hey, no hands!«*, als hätten die allerdings den springenden Funken erzeugen können.

Aus jener Übung jedenfalls kam das Signal

zur Reise. Unsere rollenden Wirbel und schleifenden Schultern erinnerten die Amerikanerin an die milde, die beste Sorte kalifornischer *earthquakes*. Ob ich jemals in Kalifornien gewesen sei?

»Hey, no talking either!«

Der Regisseur wollte es stumm. Worte würden die Übung stören. Aber stumm war bald doch zu intim, der Rücken des anderen zur Projektionsfläche geworden. Was da unsichtbar vieldeutig abrollte, wollte in Worten aufgehalten, entzaubert sein – um dann doch wieder zweideutig nachzuhallen.

»Nein, aber da würde ich gern einmal hin«, flüsterte ich zurück und zog die rechte Schulter hoch in Richtung ihres Nackens.

Später, in einer Pause, wurde es sachlicher. Als ich fragte, welches Stipendium sie mir für die USA empfehlen könne, sagte sie:

»Die Formulare dafür hab ich noch irgendwo. Ließ ein Freund bei mir liegen.«

Wir gingen in ihre Wohnung, konnten – oder wollten – die Papiere nicht finden. Da sah ich ein Chaplin-Poster, das sie auf der Außenseite ihrer Badezimmertür angebracht hatte. Ich wies aufs Plakat. Sie mißverstand wohl, verschwand etwas murrend hinter der Tür und begann im Badezimmer weiterzusuchen. Das Poster zeigte den Tramp auf einer Quaitreppe bei Nacht, in seiner Hand: eine Blume.

»Aus welchem Film stammt denn das Poster?« rief ich.

Keine Antwort.

Etwas verlegen kam sie aus dem Badezimmer hinter Chaplins Treppe hervor und reichte mir ein paar feuchtgewordene Formulare. Sie hatte sich auch Lippenstift nachgezogen.

»Abgabetermin war heute. Schade.«

Schade? »Dann hab ich doch noch ne halbe Stunde, bis der Nachtschalter schließt.«

Ich wußte: Jetzt Kurve kratzen, schnell jetzt, nur schnell . . .

2

Ein Jahr später sah ich in Los Angeles den Chaplin-Film, dessen Titel sie mir schuldig geblieben war.

Man hatte mir ein zweisemestriges Anglistik-Stipendium bewilligt. Den Großteil der Zeit aber brachte ich mit praktischen Filmstudien im USC Cinema-Department zu. Alle zwei Wochen entstanden unsere Stummfilme, Super-8-Epen, in die wir alles packten, was wir »gesehen«, besonders Eisenstein, Welles, Hitchcock, Sternberg, Ray, Peckinpah und Kurosawa abgeschaut hatten.

Vor allem Form. Alles war Form. Wir waren im Form-Rausch. Kamerawinkel, Tiefenschärfe, Beleuchtung, Bildkomposition und Ausschnitt, Bewegung der Kamera zum Schauspieler, des Schauspielers zur Kamera. Sonst hatten wir Augen für nichts. Zum Beispiel FLOG in unseren Streifen die KAMERA wellesisch-aggressiv aus einer TOTALEN im LOW ANGLE zur Rückenpartie einer Halbnackten in Hitchcock-Unterwäsche auf, die sich – im sternbergschen Chiaroscuro eines MEDIUM CLOSE UP – wellesisch-barock zur Kamera drehte, den Telefonhörer ans Ohr gepreßt, wild ihren blonden Haarschweif in Peckinpah-SLOW MOTION nachkreisen ließ, während die rotierende Wählscheibe im CRESCENDO eisensteinscher FLASH CUTS entgegengesetzt kreiste und – plötzlich hielt. Ausdruck größter Überraschung auf dem Gesicht der Blonden. In gellendem Ray-Rot brach *dime*groß ein Schuß in ihre Stirn, dieselbe Farbe klatschte den Lochkranz der Wählscheibe voll, dann trat der – Kurosawa-REISS-SCHWENK – lüstern grinsende Killer aus den Schatten hervor und verließ in der ÜBERBLENDUNG zur HIGH-ANGLE TOTALE lässig den Tatort. So etwa. Stories und Charaktere waren fast nebensächlich, wenn nur die Spielzeugbedienung stimmte.

Chaplins *City Lights* – in der Kleinanzeige auf den Kinoseiten war das *today only* kaum zu entziffern – lief in einem verfallenden Kino namens ENCORE, einem *revival house*, das ausschließlich alte Filme zeigte. Das ENCORE lag neben einem doppelt so großen Parkplatz Ecke Melrose und Van Ness in Hollywood. Ich besaß damals noch kein Auto, überzeugte aber einen japanischen Physikstudenten, der lüstern grinsen konnte und in unseren Filmen auch als Fahrer öfter zum Einsatz kam, daß es für seine nächste Rolle von großer Wichtigkeit sei, diesen Stummfilm, der – immerhin in Anwesenheit Einsteins! – vor 44 Jahren in Los Angeles seine Premiere gefeiert hatte, noch heute mit mir anzusehen.

In jener Nacht glich der Parkplatz des ENCORE einer leerstehenden Festung. Statt die brüchig gewordene Leinwand des alten Kinos auszuwechseln, hatte der Besitzer gerade für einen neuen Zaun, für Stacheldraht und Flutlicht bezahlt, als gälte es, dem Verfall des ENCORE vom Parkplatz aus zu wehren. Uns kam es vor, als seien die Besucher von *City Lights* in großer Gefahr, im Dunkel des ENCORE alles zu verlieren. Ein dicker mexikanischer Wächter mit Sonnenbrille saß, bis an die Zähne bewaffnet, am Eingang des Gevierts und beruhigte uns:

»Is jus' for your security.«

Von wegen *security*. Kurz nach Beginn der Show hörte ich das knarzende Leder seines Pistolenhalfters. Er hatte sich ein paar Reihen hinter uns niedergelassen, die Sonnenbrille abgezogen, um Chaplin zuzusehen.

Als wir nach der Vorstellung vors ENCORE traten, schien die stille Avenue von Regen zu glänzen. Es waren aber nur die Augen, noch verweint von der letzten Szene des Films. Meine Unruhe, meine Hast waren gewichen. Die Begeisterung, die ich für *City Lights* empfand, war grenzenlos ruhig. Ich war hilflos, wußte nicht, wie der Film gemacht war. War glücklich, so hilflos zu sein. Alles Suchen nach Form war wie weggesprengt. Das Unnachahmbare konnte nur angestaunt werden.

Der Wächter rief, er müsse schließen. Aber ich konnte nicht weiter. Ich stand noch immer am Rinnstein vor dem Kino und dachte: Ich werde in dieser Stadt bleiben. Irgendwie werde ich das schaffen, auch ohne Stipendium. Ich werde hierbleiben, weil Chaplin als Fremder hierherkam, nicht aufgab. Weil er Spuren hinterlassen hatte . . . *City Lights* entstand nur wenige Meilen vom ENCORE entfernt.

Wir gingen noch nicht nach Hause, sondern machten den kleinen Umweg Richtung Sunset Boulevard und kreuzten ein paarmal auf und ab vor Chaplins altem Studio Ecke La Brea und De Longpre Avenue. Dann entschlossen wir uns zur größeren Reise: fuhren nach Beverly Hills, den Benedict Canyon hinauf, zum Summit Drive, wo er, bevor er ins Exil gedrängt wurde, lange gewohnt hatte, und weiter, nach Westen, bis ins mitternächtliche Venice, zu den Straßen am Strand, wo Chaplin vor sechzig Jahren zum ersten Mal als Tramp aufgetreten war.

Kurz darauf kamen die Weihnachtsferien. Ich flog für ein paar Wochen nach Deutschland, besuchte die Anglistikprofessorin in Freiburg. Ihr Badezimmer lag noch immer hinter

Charlies Treppe. Aber für meinen Plan, in die Schweiz zu fahren und Chaplin dort zu besuchen, war sie nicht zu begeistern.

»You'll be wasting your time.«

Zweiundzwanzig Jahre ist das jetzt her. Ich war zweiundzwanzig Jahre damals und befand, es sei *meine* Zeit und ganz an mir, sie an *meine* Interessen zu verschwenden.

Meine Eltern, die einige Tage in Gstaad verbrachten, waren ebenfalls gegen die Reise.

»Nach Vevey? Chaplin besuchen? Jetzt wohl völlig verrückt geworden, was?«

Ich sagte, mir würde es schon vollauf genügen, die ... – ich hatte keine Ahnung, wie die Gegend um Chaplins Haus aussah – ... die Blätter der Hecke vor seinem Haus zu berühren.

»Jedenfalls muß ich dort hin. Jetzt oder nie.«

3

Die Eltern hielten mich noch über Silvester, aber am Morgen des 1. Januar 1976 brach ich zum Gstaader Bahnhof auf, kaufte mir für achtzehn Franken und vierzig Rappen ein Billet zweiter Klasse und stieg in den Zug nach Vevey.

Man fuhr westwärts über Montreux und kam nur mühsam voran. Kaum war beschleunigt worden, wurde schon wieder verlangsamt, um im nächsten Gebirgsdörfchen zu halten. Als wir die letzte Berghöhe endlich erklommen hatten, ich den prächtigen Spiegel des Genfer Sees unter mir ausgebreitet sah, schien der Zug stillzustehen, überhaupt nicht mehr weiterzuwollen. Es war, als solle sich jeder Zuggast diesen Anblick einprägen. Ich saß am Fenster, aber See und Landschaft beschäftigten mich nicht.

Wäre ich nicht in Angst gewesen, Vevey zu versäumen, ich hätte kaum aufgeschaut. Denn während der Reise schrieb ich den Brief. Den Brief an Chaplin. Den Brief, den ich bei ihm abgeben wollte. Schrieb ihm vom Kinobesuch des Filmstudenten im ENCORE auf Melrose Avenue (idiotisch, als müsse er dieses Kino noch kennen!), schrieb ihm, wieviel mir *City Lights* bedeutete, *»shell of all emotions«*, die mich immer noch gefangenhielt, und daß er mein Leben verändert hatte: Ich würde L.A. nicht aufgeben, sondern neu dort beginnen.

Stundenlang schrieb ich an diesem Brief, schrieb zögerlich, verzagt, dann wieder wahnsinnig mutig, dachte: Er wird ihn lesen, er muß, du wirst sehen.

Sofort waren mir Niederlage und Demütigung ebenso gewiß: Glaub doch nicht, daß er davon auch nur erfährt!

Aber das angstgelähmt-selbstvernichtende Moment wurde vom lächerlich anmaßenden überschrien. Damals hätte ich mich vor jeden Gott gewagt.

In Vevey angekommen, entschied ich: *Diesen* Brief wird er sowieso nicht lesen. Ich überquerte die *Place de la Gare*, setzte mich ins nächste Gasthaus, bestellte einen Kaffee, bestellte ihn wieder ab, bestellte Mineralwasser und schrieb den Brief schließlich ins reine. Die gefalteten Blätter legte ich in ein weißes Kuvert, das ich mitgebracht hatte.

Draußen, unter grauem Himmel, wartete ein einsames Bahnhofstaxi. Ich stieg ein.

»Manoir de Ban, s'il vous plaît.« So hieß die Chaplin-Residenz, die, wie ich wußte, irgendwo oberhalb Vevey in Corsier-sur-Vevey liegen mußte.

»Aaah, vous voulez voir Monsieur Charles Chaplin«, sagte der Taxichauffeur und ließ den Flachmann, aus dem er getrunken hatte, im Seitenfach der Tür verschwinden. *»C'est ça?«* In seinem Ton war durchaus zu hören: Und wer sind Sie? Gast oder Attentäter?

»C'est ça«, antwortete ich, mein weißes Kuvert in der Hand.

Der Taxifahrer erzählte mir, Chaplin sehe man nur noch selten. Manchmal werde er von Oona, seiner Frau, in die Stadt gefahren, um

Zeitungen zu kaufen. Er bleibe dann im Wagen sitzen, sehe dem Treiben der Leute zu: *»Il regarde comme les gens bougent.«* Ach, er sei altersschwach und kindisch geworden.

Er sagte *gâteux* (altersschwach), was ich nicht verstand, sondern mit *gâté* (verwöhnt) verwechselte. Letztere Bedeutung ergab durchaus Sinn und erschien mir in bezug auf den großen Mann gar nicht abwertend. In meiner Vorstellung jedenfalls lebte kein altersschwacher Mann im Manoir de Ban, sondern Chaplin, der Autor von *City Lights.*

Als wir den Bahnhofsplatz verließen, sah ich zum Fenster hinaus. Da, auf einer Bergterrasse hinterm Bahnhof . . . was war das?

»Pas le Manoir en tous cas«, lachte der Taxifahrer. Das sei die Eglise St. Martin, die schönste Kirche am Ort.

Hätte ich ihm erklären sollen, was sie mir im Zusammenhang mit Chaplin – und dem verschwundenen Flachmann – bedeutete? Der Taxifahrer hätte wohl kaum gelacht. Trotzdem war es ein geradezu mythisch-chaplineskes Detail, daß der mantelteilende Sankt Martin lediglich deshalb zum Schutzheiligen der Trinker wurde – der *bold drunks* oder Trunkenbolde, die Chaplin in unzähligen Filmen spielte –, weil ihm der 11. November im Kirchenkalender als Festtag bestimmt worden war. An diesem Tag hatte man aber bisher das Weinfest gefeiert, das dem heidnischen – von Pan begleiteten – Dionysos Bacchus galt. Aus den *Vinalia* des Altertums wurden die *Martinalia* des Mittelalters, und was getilgt werden sollte, gerade an Martini, dem Martinstag, ausschweifend löschend erinnert.

Vor allem in den Kurven ließ sich der Flachmann hören. Mit nüchternen Fragen versuchte der Taxifahrer das Geklapper zu überspielen.

»Sind Sie zum ersten Mal in Vevey?«

Ich bejahte, wich weiteren Fragen aber aus, so gut ich konnte. Ich fürchtete, er könne mein Vorhaben durch seine Kommentare lächerlich machen, mich vielleicht ganz davon abbringen.

Wir fuhren bergauf durch hügelige Landschaft. Alles lag still und verschlafen, nur ab und zu sah ich am Wegrand ein Haus. Ich war an die seltsame Stimmung der ersten Zeilen von Chaplins Lebensbeschreibung erinnert, die ich vor Jahren gelesen hatte. Da zeichnete Chaplin Kennington Road, die Straße seiner Kindheit in London *»Before Westminster Bridge was open . . .«*, also ganz im Licht noch der *Vor*-vergangenheit des 18. Jahrhunderts, als sie verschlafener Reitweg gewesen war. Über jenen ersten stillen Sätzen der Autobiographie wartete dem Leser aber schon alles: Zukunftsgewimmel drängte und rieb sich über der idyllischen, nichtsahnenden Landschaft. »Was-noch-alles-geschehen-würde« war unheimlich präsent. Weniger in Form der vierhundertneunundsechzig Seiten, die noch zu lesen wären. Mehr in der Stimme dessen, der einige Zeilen lang bewußt im alten Licht erzählte. Als sei »noch nichts geschehen«, als habe ihn Hannah Chaplin, die geisteskranke Mutter, noch nicht weggeschickt, *»You run along now . . . There's nothing here* *for you*«, als habe er nie die Kurve kratzen müssen, als sei noch alles still und verschlafen, er selbst – noch ungeschaffen. Und jetzt, da alles geschehen war, ein ganzes Leben sich ereignet hatte, war es wieder still, Kennington Road wieder Reitweg, verschlafene Straße, auf der wir ihm oberhalb Veveys näherkamen.

Der Fahrer deutete an mir vorbei, zur Rechten: »Hier beginnt's. Das gehört schon zu Chaplins Anwesen.«

Bewaldete Hügel, aber noch kein Haus in Sicht. Der Besitz, an dem wir entlangfuhren, schien riesig.

»Da oben kommt gleich das Tor.«

Meine Aufregung, dem Ziel so nahe zu sein, verdoppelte die Größe des Landsitzes, um die Zeit vor der Ankunft zu dehnen, zu verzögern . . .

Man will den Anfang so wenig wie das Ende. Als ich eines Nachts, fast zwei Jahre später, in L.A. einen Hügel Nähe Normandie und Rosewood Avenue hochfuhr, im Radio von Chaplins Tod hören mußte, war es zu spät. Auch, daß sich bei dieser Meldung wieder alles verlangsamte, mein Wagen den Hügel kaum schaffte, ich die Lichter der City, die vom Kamm aus zu sehen waren, noch nicht sehen wollte und hielt, verzögerte, Halt wollte in der Dunkelheit . . . auch das kam dann zu spät.

Und dieses »Dann«, letzter Halt und Ende, war zwar noch nicht, wartete aber schon auf dem Hügel über Vevey: in meinem Nicht-ankommen-Wollen war es enthalten, im Zögern vor dem Ziel, jener Angst vor dem endgültigen Anfang. Das Taxi lahmte also nach oben, hatte den Kamm des Hügels beinahe geschafft, da kommentierte der Fahrer nach links:

»Das hat Chaplin gleich dazugekauft.«

Ich sah neugierig nach links: Ein leeres Grundstück am Hang.

»Damit ihm unsereins nicht reinschauen kann«, meinte er grinsend, bog zum Straßenrand und hielt.

Wir standen vor einem großen schmiedeeisernen Tor, an das zur Linken ein fensterloses Gebäude, zur Rechten eine mannshohe, den

Hügel auch hinabbegleitende Hecke schloß. Tatsächlich: Die Hecke vor Chaplins Haus ... – von der ich doch nichts wissen konnte. Heute morgen hätte ich mich zufriedengegeben, nur ihre Blätter zu berühren.

»Soll ich warten?« fragte der Taxifahrer. Er blickte aufs weiße Kuvert, das ich hielt, sah meine Aufregung. Sicher wußte er, daß ich keinerlei Zutritt hatte, keinerlei Plan. Immerhin sei's ein kalter langer Weg zum Bahnhof, meinte er. Würde womöglich regnen.

»Nein, nein, vielen Dank.«

Ich bezahlte und stieg aus. Während ich langsam aufs Tor zuging, fürchtete ich, er wolle jetzt selbst *regarder comme les gens bougent*, also im Wagen sitzenbleiben, um sich mit Monsieur Flachmann die Komödie anzusehen.

Ich stand vor den Stäben, kramte in meiner Manteltasche. Wonach, wußte ich selbst nicht. Vielleicht sollte es aussehen, als habe ich Schlüssel. Da hörte ich das Taxi hinter mir wenden, sich bergab wieder entfernen. Gut so. Ich wollte alleine sein, keine Zuschauer.

Durch das Tor hin war kaum etwas zu sehen. Ein breiter Kiesweg, der vor einem baumbestandenen Rasenstück abbog. Selbst wenn ich mich ganz ans Gitter stellte, verschloß die breite Hecke den Blick auf alles andere ...

Würde jetzt mündlich erzählt, dann stünde ich spätestens an dieser Stelle auf. Nicht nur um klarzumachen, daß es bei diesem Warten und Spähen allerdings physisch-aktiv zuging. Ich könnte auch demonstrieren, wie ich mit jeder verwarteten Minute dem Tramp in Chaplins Filmen ähnlicher wurde, begann, unbewußt Stellungen einzunehmen, die ans Pantomimische grenzten: Ich reckte den Hals, eingesperrt wie sein *Immigrant*, den man bei der Ankunft in Amerika hinters Seil pfercht, den Blick aufs gelobte Land versagt, umgriff die Torstangen wie Charlies Sträfling das Gitter des Fahrkartenschalters in *The Pilgrim*, stand auf Zehenspitzen und war nur wenig davon entfernt, mich mit beiden Händen am Hintern hochzuziehen wie der durchs Guckloch spähende Vagabund in *The Circus*. Überhaupt wurde ich jetzt, eben weil Geschehen und Absicht auf Elementares beschränkt waren – jemand will sehen, will eindringen, finden, will gesehen, gehört werden, sucht – von Chaplin-Gesten, von Erinnerungen an Chaplin-Filme überschwemmt.

Immer wieder blitzte auch das Bild des Am-Schlafittchen-Gepackten auf, des Tramps, der in *City Lights* ins Haus des Millionärs gerannt war, nur um vom Butler gepackt und rüde hinausbefördert zu werden.

Ich trat vom Tor zurück und untersuchte die Seiten. Nirgendwo war »der Briefkasten« angebracht, den ich mir vorgestellt hatte.

Es war eben alles nur vorgestellt. FORTIS IMAGINATIO GENERAT CASUM hieß es auf einem kleinen Dalí-Bild, das ich mir in L.A. über den Tisch gehängt hatte. Darauf widersprach alles der Schwerkraft: Früchte schwebten über ihren Schalen, Kreuze, losgelöst von ihren Kuppeln, Kirchtürme von ihren Kirchen, und die Menschen, ihre Krücken triumphal zum Himmel gereckt, gingen luftgetragen über der Erde. Aber das Tor vor Chaplins Haus, der Einbildung widersprechend, blieb fest in seinen Angeln verhakt, die Hecken standen unnachgiebig dicht und tiefverwurzelt. Was für ein Unsinn, hierher gereist zu sein. Mit einem Brief! Ich könnte hier noch Stunden in der Kälte stehen, nichts würde passieren.

Das weiße Kuvert einfach durch die Gitterstäbe zu schieben, dem Zufall zu überlassen, schien mir allerdings noch idiotischer. Und doch gingen meine Gedanken dem nach, als sei's schon geschehen. Als sei meine *message* zwischen den Stäben passiert. Bereits aus der Hand. Weiter als ich. Aber was hieße das schon?

Ein Windstoß würde genügen, dann läge der Brief in den Hecken, »auf immer verloren«. Und sollte er dennoch gefunden werden, hätte der Regen die Botschaft fleckig gemacht oder gelöscht. Wenigstens die mir wichtigen Worte darin. Von alters her schien es so bestimmt: *Littera lituras habet.* Die »Tränenflecke« Ovids. Die allerdings waren auffindbar. Im *Stowasser*, dem Lateinwörterbuch der alten Schule, waren sie aufbewahrt. Zum Staunen schön dort im Gleichklang. *Littera lituras habet.* »Der Brief hat Tränenflecke«, so war die Stelle zu übersetzen. Denn wichtiger als Worte war: was sie ausgelöscht hatte. Die sichtbar Unsichtbargemachten: waren die wirkliche Botschaft.

Und weil aus ihnen sprach, *wer* ausgelöscht hatte, blieb Ovids Liebesbriefschreiberin selbst in ihnen versteckt. Das kürzende Zitat im Schulwörterbuch hatte die Weinende »ausgestrichen«. Damit aber universal gemacht. Im *littera lituras habet* war ihr Brief *everyone's letter*, Brief jedes Getrennten, also auch meiner geworden.

Nicht gerade ermutigend, solche Gedanken. Mir wurde immer kälter dabei. Um mich warm zu halten, begann ich, das kleine Trottoir vor dem Tor auf und ab zu gehen.

Think positive. Es wäre doch immerhin möglich, daß sich jemand auf dem Rasenstück zwischen den Stäben sehen läßt.

Was? Am ersten Tag des neuen Jahres?

Gerade dann. Den ersten Tag zu begrüßen. Mit offenen Armen, wie Chaplin im Schlußbild von *The Police.*

Quatsch. Die Kälte heute war Cop. Vertrieb die Leute wie jener Polizist, der damals auch Chaplin aus dem Schlußbild gejagt hatte.

Und die Bushaltestelle auf der andern Seite der Straße? Dort könnte doch jederzeit jemand mit Einkäufen fürs Manoir aussteigen, die Straße überqueren und mich mit meinem Brief am Tor ...

Unsinn. Die Haltestelle war eine Attrappe aus einem seiner Filme. Denn offensichtlich fuhren hier keine Busse.

Niemand würde kommen.

Ich überlegte mir, wie ich wenigstens über die Hecke sehen, so vielleicht jemanden erspähen könnte, dem ich den Brief dann zuwerfen würde.

Längs der Hecke war eine Reihe gedrungener Bäume postiert, auf die ich steigen konnte – aber nicht stieg. Bei näherem Betrachten sahen sie mir verwunschen aus, diese grauen

Bäumchen. Wie Möchtegern-Übersteiger, die beim Besteigen der Hecke erstarrt waren, ohne das Haus des Meisters gesehen zu haben. Mit ihren häßlich geschwollenen Armgelenken waren sie dazu verdammt, immer wieder nach oben zu greifen, nur um kurz vorm Überspähen der Hecke vom Gärtner Chaplins beschnitten zu werden.

Gedankenseherei, die bei jedem jungen Mann gliedschrumpfende Wirkung gehabt hätte.

Sollte ich nicht doch umkehren, das alles lassen? Ich könnte den Brief immerhin noch unten in Vevey zur Post bringen, so sichergehen, daß er ankommt.

Aber das war es nicht, *das* Ankommen war gar nicht gemeint. Es war ja nicht statistisches Wissen, das mich befriedigt hätte: 99,9 % aller in Vevey aufgegebenen, in Vevey ausgetragenen Briefe kommen auch in Corsier-sur-Vevey an. Meiner würde also mit sehr hoher Wahrscheinlichkeit sein Ziel erreichen.

Das war es nicht.

Sondern das Gehörtwerden, das Berühren und Berührtwerden, *das* war das Ziel.

Vor seinem Haus zu stehen und zu warten, dabei zu wissen, daß die geschriebenen Zeilen – vielleicht jetzt – von ihm gelesen würden, er sich eine Vorstellung machen, mich – auch nur für Sekunden – in sein Bewußtsein schließen könnte, diese Gleichzeitigkeit-mit-ihm war das Ziel.

Vermessen genug. Ich hatte ihn mit Numinosem versehen. Aber das *sah* ich damals nicht, weil ich es *lebte*. Ich war »drin«, hätte jedem, der mir kritisch beobachtend gekommen wäre, geantwortet: »Und ob ich das sehe! Aber warum wäre dieser Mensch nicht göttlich? *Ich* sehe ihn so, weil er mir davon zeigt. Er zeigt mir etwas, das mich durchs Ansehen verwandelt.«

Solche und ähnliche Gedanken wärmten mich auf. Nur blieb der Boden der Tatsachen, auch bei längerem Hin- und Hergehen, unbestreitbar kalt: Kein Mensch ließ sich sehen. In dieser Gegend zeigten sich nicht einmal Neujahrsspaziergänger. Nur oben an der Straße, gegen die Berge hin, hatte sich etwas getan, ich bemerkte es erst jetzt. Hinter einem fernen Hügel sah ich Rauch hervorquillen. Jemand hatte ein Feuer entzündet.

Kurz darauf entdeckte ich, daß das schmiedeeiserne Tor nicht – oder nicht mehr? – verschlossen war. Sein linker Flügel war jetzt etwas nach vorne, zur Straße hin, versetzt.

Warum war mir das nicht sofort aufgefallen? Hatte ich, als ich ganz dicht ans Tor trat und die Stäbe mit Händen faßte, um an der Hecke vorbeizusehen, den Flügel nach hinten gepreßt?

Oder spielte jemand mit mir?

Ausgeschlossen. Ich hatte das Tor, bis auf wenige Momente, immer im Auge gehabt.

Sollte ich die Chance jetzt wahrnehmen und . . .?

Ich mußte mich innerlich richtig anfeuern. Denn das Tor aufzustoßen, den Weg um die Hecke weiterzugehen wäre ein Übertritt.

No Trespassing. Solche Verbotsschilder übersieht man vor allem in Amerika nicht, weil ihr

Anspruch dort, schon bei geringer Verletzung, mit der Waffe verteidigt wird. Schlagzeile: FAN FELLED ON CHAPLIN'S LAWN (FAN AUF CHAPLINS RASEN: UMGEMÄHT).

Aber hier waren keine »Betreten verboten«-Schilder, keine Drahtzäune, keine scharfschießenden Wächter oder Hausbesitzer. Es war nicht das *Xanadu* Charles Foster Kanes, zu dem ich gereist war. Charles Spencer Chaplin hatte das Tor zum Manoir geöffnet . . .

Also jetzt!

Ich stoße den rechten Flügel nach innen und schlüpfe hinein. Auf Kiesweg geht's weiter . . . um jene Hecke herum. Da wird die Sicht frei . . .

Sein Haus liegt vor mir. Breit angelegt, zweistöckig, weiß. Zwei Pfade führen hin. Denn der Kiesweg hier teilt sich. Seine Schleifen führen in großem Bogen um Rasen und Bäume, bis sie sich, in einiger Ferne, die Ecken des Hauses fast streifend, zur Mitte hin vor der Haustüre wieder vereinen.

Völlige Stille. Weit und breit keine Menschenseele. Unheimlich. Nur das Knirschen unter meinen Schuhen. Ich gehe weiter, das Haus immer im Auge. Trete fester auf, um endlich bemerkt zu werden.

Seht mich doch, hier! Der mit dem weißen Kuvert!

Plötzlich von links: scharfes Gebell. Ein Schäferhund rast auf mich zu. Ich weiß sofort, daß es zu spät ist. Das Tier springt aus vollem Lauf an und wird – noch in der Luft – von seiner Kette zurück zu Boden gerissen.

Völlig starr bleibe ich stehen.

Der winselnde Hund liegt wenige Schritte vor mir, richtet sich wieder auf. Ihm läßt die Kette zum Bellen kaum Luft.

Im fernen Hintergrund gackert und scharrt aufgeregt Hühnervieh hinterm Drahtzaun. Ein braunfedriger Hahn flattert umher, Ruhe zu stiften.

Der Hund aber bellt gnadenlos weiter.

»Hey . . . Shut up! Shhhhh . . .«

Wie kann ich ihn beruhigen? Wie heißt der Kerl?

»*Hey*, Rex. Rex, *shut up!* ... *Tais-toi, goddammit!*«

Wie komme ich auf »Rex«?

Rex – King of the Air, so heißt doch der schöne Seiltänzer und Rivale, den der Tramp in *The Circus* phantastisch zu Fall bringt, dann einfach nach Hühnerart zuscharrt.

Aber das ist hier nicht drin. Aus der Luft geholt, bleibt dieser Rex immer noch King im Luftholen. Bellt weiter, auf Teufel komm raus ...

Jetzt *muß* jemand kommen. Ich trete vorsichtig mehrere Schritte zurück, sehe mich um.

Sicher beobachten sie mich schon durch die Fenster des Hauses. Sind dabei, Maßnahmen zu ergreifen ...

Den Brief in der noch zitternden Hand, lasse ich den Hund weiterbellen. Warum auch nicht? sage ich mir. Statt der Klingel, sage ich mir. Die ja am Tor nicht zu finden war.

Ich warte. Aber nichts rührt sich. Kein Fenster geht auf, keiner ruft nach dem klingelnden Hund.

Rex lasse ich links liegen, nehme die rechte Schleife des Wegs, gehe langsam weiter. Dem Haus zu.

Als Unschuldsheld am Höllenhund vorbei, gebe ich mir gleich die nächste Rolle. Ich bin jetzt Bote, halte den Brief abgabebereit in der Botenhand. Bote mit wichtiger Nachricht. Sonst komm ich hier nicht durch. Mir ist, als sei das argwöhnische »Sie da! Was haben Sie hier zu suchen?« zur Landschaft geworden. Anklage, Verleumdung überall. »Der Rex röchelt ja! Was haben Sie denn mit dem Hund gemacht?«

Nur als Bote kann ich jetzt weiter.

Einige Tannen, an denen ich vorbeilaufe, Chaplins Tannen, sind mit roten und blauen Weihnachtskugeln behangen. Erinnert er da Amerika? Auch in Beverly Hills schmückt man zu *Christmas* immer nach außen.

Die Sicht auf das Haus wird frei. Im ersten Stock, rechts oben, brennt Licht.

Ich halte. Niemand am Fenster. Kein Vorhang bewegt sich. Ich gehe auf die Haustüre zu, da hört der Hund plötzlich zu bellen auf.

Was mir *nicht* recht ist. Denn jetzt, noch unentdeckt, in der völligen Stille, bin ich gezwungenermaßen wieder in der Rolle des Eindringlings, des möglichen Diebs.

An der Haustüre suche ich die Klingel, finde sie links und – kaum zu glauben – sehe, daß *auch diese Türe* eine Handbreit offensteht!

Was heißt das?

Zufall?

Oder heißt das – wie im Märchen –, daß jetzt Zugang ist, die verbotene Tür aufgetan? Scheinbar achtlos, in Wahrheit aber für mich?

Zweimal schon! Als bahne mir hier einer den Weg . . .

Aber die Vorstellung, ich könne im Dunkel hinter der Tür, etwa beim Hinaufsteigen der Treppe, ertappt werden, ist doch zu peinlich. Mein weißer Umschlag würde dann gar nichts mehr beweisen. Niemand die Komik sehen. TRAMP CAUGHT IN CHAPLIN'S HOUSE. Ich schon gar nicht.

Ich klingele. Auch um mein Hiersein ein für allemal offiziell zu machen.

Niemand kommt. Im ganzen Haus kein Ton.

Habe ich die Klingel überhaupt gehört?

Eher nicht.

Bin ich zu aufgeregt zu hören, oder funktioniert das Ding nicht?

Ich klingele nochmals. Diesmal etwas länger.

Die Klingel ist gut zu hören.

Dann wieder völlige Stille.

Ich trete zurück, sehe zum beleuchteten Fenster hinauf.

Keine Spur von Beobachtern.

Klingele zum dritten Mal, vor offener Tür!

Und – wie im Märchen – höre ich erst jetzt jemanden rufen. Eine Frauenstimme.

»Monsieur! Venez!«

Links, hinter der fernen Ecke des Hauses, sieht ein kleiner weißbehaubter Kopf hervor. Aus einiger Höhe. Ich schätze: Zwischen Parterre und erstem Stock. Dann ein weißer winkender Arm.

»Venez ici!«

Kopf und Arm zucken wieder hinter die Ecke zurück. Eine scheue Riesin?

Ich laufe am Haus entlang, biege um die Ecke.

Am Absatz einer kleinen Treppe steht eine ältere, in Weiß gekleidete Bedienstete. Keine Riesin. Eher eine Akrobatin, wird mir jetzt klar. Sie hatte wohl der Kälte wegen »abgekürzt«. Vom Absatz muß sie auf den Müllcontainer rechts der Treppe gesprungen sein, sich elastischen Arms am Fallrohr um die Ecke gebogen, rufend und winkend mit mir verständigt und wieder in den Eingang zurückkatapultiert haben.

Einen Augenblick lang scheint es, als verneige sie sich vor ihrem Zuschauer. Freundlich fröstelnd blickt sie auf mich herab.

»*Excusez-moi, Madame* ... Ich habe einen Brief für Monsieur Chaplin.«

Ihr Arm schnellt, offene Hand, routiniert aus dem Türspalt nach unten.

Meine Aufregung steigert sich. In meinem besten Französisch höre ich mich sagen:

»Ich würde ihm den Brief gerne selbst übergeben.«

»Tut mir leid«, flüstert sie. »Er schläft gerade.«

Und ich hatte dreimal geklingelt, Rex in Rage gebracht!

Statt betreten zu sein, sehe ich sie wohl eher verständnislos an. Sie legt ihre Handflächen zusammen, zieht sie als Kissen unter die Backe:

»*Il dort.*«

»*Oui, oui, je comprends.* Aber würden Sie bitte dafür sorgen – (nochmals im Flüsterton) … Würden Sie dafür sorgen, daß er den Brief *persönlich* zu lesen bekommt?«

»Persönlich«, flüstert sie schmunzelnd. Deutet auf den Brief, den ich immer noch halte.

Hatte sie eben mit den Fingern geschnippt? Ich bin völlig verwirrt.

Statt die wenigen Stufen hinaufzugehen, bleibe ich unten stehen, strecke mich umständlich, das Kuvert zwischen ihre Fingerspitzen zu schieben … – die es mir blitzschnell entziehen, hinter der Türe wieder verschwinden.

Den liest sie jetzt erstmal, denke ich. Oder er wandert gleich in den Papierkorb.

Dankend nickt sie, will die Türe schließen.

Rechtzeitig sage ich noch:

»Ich werde draußen warten.«

Verdutzt kommt ihr Gesicht nochmals zum Vorschein.

Ich sage: »Bis Monsieur Chaplin wieder aufwacht. Vielleicht kann er mir antworten.«

»Aaah, vous savez . . .«, seufzt sie. Pausiert.

Kommt jetzt die Abfuhr?

»Man weiß leider nie, wie lange Monsieur schläft. Warten sollten Sie nicht in der Kälte. Gehen Sie lieber ein wenig spazieren.«

Und damit schob sie die Türe endgültig zu.

Endgültig? Eben nicht.

Ich dürfte wiederkommen. War ja so gut wie verabredet mit ihr. Am Lieferanteneingang. Und wiederkommen, das hieß: wiedererkannt werden. Fast schon wie ein Vertrauter. »Ach, der ist das ja, der junge Mann, mit dem ich mich am Lieferanteneingang verabredet habe.« Wiederkommen, dachte ich und sah mich schon wiederkommen.

Und?

Antwort erhalten?

In meiner Aufregung glaubte ich, mir diesen einen Eingang unbedingt merken zu müssen. Als könnte ich ihn später nicht mehr finden, die Orientierung verlieren. Als besäße dieses Haus Hunderte von Lieferanteneingängen. Dabei hatte man sich doch nur zu merken: Der Müllcontainer stand auf der *linken* Seite des Hauses, *rechts* vom Lieferanteneingang. Gegenüber, in einem Abstand von etwa zwölf Schritten, lag ein kleiner Brunnen, von dem aus man linker Hand wiederum zum Tor zurückfand. Für die Rückkehr hatte ich mir das lediglich in umgekehrter Reihenfolge zu merken, und schon würde ich ohne weiteres wieder zu Brunnen und Müllcontainer gelangen, zwischen den Gegensätzen also sicher den Eingang finden.

So kindisch-glücklich hatte mich die Hoffnung gemacht, so gedankenverwirrt, daß ich vergaß, auf dem Rückweg zum Tor die vormals rechte, jetzt linke Wegschleife zu nehmen, und so auf dem rechten, vormals linken Weg, Rex, dem anschlagend-angeschlagenen König der Luft, nur knapp wieder entkam.

Ich rannte weiter, sah schon das Tor. Und wie ein treuer Bekannter kam es mir offen entgegen.

Als ich hinaustrat, ahnte ich nicht, daß ich die Frau, mit der ich verabredet war, nie wiedersehen würde.

4

Draußen schien alles verändert. Alles gehörte jetzt »dazu«. War zum Vorhof des Manoir geworden. War gar nicht mehr fremd, nicht mehr einsam. Die öde Landschaft wies nicht mehr ab, weil ich drinnen nicht abgewiesen worden war.

Ich ging den Fußgängerweg bergauf, überquerte kurz darauf die Straße und kletterte, ziemlich übermütig, eine schneefleckige Böschung empor.

Bald kam ich, immer wieder das Geschehene herbeirufend, durch ein unwegsames Waldgebiet. In der Erinnerung erscheint mir der Wald wie eine einzige Höhle. Er bot nicht nur Schutz vor kaltem Wind, sondern meinen Gedanken auch einige Konzentration und Ruhe. Ich ging bewußt ziellos, die Augen am Boden, immer nur auf den nächsten Schritt achtend.

Ich fragte mich, warum meine Begeisterung für diesen Mann so unmäßig war. War sie gerechtfertigt?

Rechtens sogar, schien mir.

Was band mich so an ihn? Der große Regisseur? Der Autor, Komponist und Produzent? Oder war es die Figur des Tramps, des *gentleman, poet, dreamer – always hopeful of romance*, wie er sie selbst einmal beschrieben hatte?

Warum war ich Chaplin wortwörtlich von der Leinwand bis vor die Haustüre gefolgt? Suchte ich die Verbindung zu den Anfängen des Films, einer Kunstform, in der ich erzählen wollte? Und also nach einem *link* – das immer magisch-konkret sein muß?

Das war es *auch*. Dann aber wieder: überhaupt nicht. Denn das Wesentliche meiner Liebe zu Chaplin betrafen diese Stichworte nicht.

Was war wichtig?

Ein wahnwitziges Gedankenspiel stellte sich ein. Ich sah Chaplin auf dem Sterbebett über sein Leben entscheiden. Was war wichtig, was sollte bleiben, was sollte gehen? Mit ihm vergehen. Ich hörte, wie er einzelnen Beauftragten, die an sein Bett traten, ins Ohr flüsterte:

»*The Kid* . . . *The Goldrush* . . . *The Circus* . . . *Modern Times* . . . *The Great Dictator* . . . *Monsieur Verdoux* . . . *Limelight* . . .«

Dazu sprach er einzeln und immer wieder die Weisung:

»Verbrennen . . . Verbrennen . . . Verbrennen!«

Entsetzt wich ich zurück, rannte den Ausführenden nach, die, ohne erschrocken zu sein, das Sterbezimmer vor mir verlassen hatten. Am Keller noch, in dem Chaplin alle Negative aufbewahrt hatte, fing ich sie ab, die Wahnsinnigen!

Ich kämpfte langsam und zäh, wie in schwärzesten Träumen, die Filme zu retten. Und verlor sie alle.

Alle, bis auf einen.

Denn mit dem Beauftragten, der gekommen war, *City Lights* zu vernichten, weil sein Herr auch den nicht für wert befunden hatte, kämpfte ich anders. Kämpfte, um *nicht* zu überleben. »Wer will schon leben, wenn es *den* nicht mehr gibt!« rief ich ihm zu. Der Beauftragte aber ließ ab, von meinem Entschluß beschämt und ermutigt zugleich. Ermutigt, seinen Herrn zu betrügen. Beschämt, mich damit bereichert zu haben.

Fade Out.

Ich mußte lachen. Eine Frechheit, eine Unverschämtheit, mir auszumalen, Chaplin könne – am Ende noch – seine Filme verbrennen wollen!

Das war *ich*, der da lag und entschied. Verbrennen ließ, retten ließ. Das ganze Spiel, nur um zu finden, »was wichtig war«.

Was war dem Zweiundzwanzigjährigen so wichtig an *City Lights*, daß er pathetischste Rettungsphantasien bemühte, daran endlos Gefallen fand?

In diesem Augenblick mußte ich, um nicht abzurutschen, mit beschleunigten Schritten den Hang einer größeren Kuhle hinablaufen, kam also kurz in Geschwindigkeit und konnte erst unten wieder verlangsamen. Stand. Stand unten. Mußte nochmals lachen. Verlief denn der Boden des unwegig hügeligen Walds, durch den ich getrottet war, meinen Gedanken entsprechend?

Denn genau jenen plötzlich beschleunigenden, dann abrupt haltenden Gang hatte Chaplin in einem höchst wichtigen Moment von *City Lights*, an den ich gerade dachte.

Ich spreche von der letzten Sequenz des Films.

Chaplins Bewunderung war ja bereits entfacht, als ihm die schöne Virginia Cherrill (Namenmusik: kirschrote Jungfrau. Später hieß sie Virginia Cherrill Martini) zu Anfang des Films eine Blume verkaufen wollte. Bewunderndverwirrt kam er näher. Denn sie hatte den armseligen Tramp mit »Sir« angesprochen.

Als er die Blume, die sie ihm hinhielt, versehentlich zu Boden stieß und rasch wieder auflas, sah der Tramp das Mädchen vor ihm ins Knie gehen. Ihre Hand sah er neben dem ausgebreiteten Kleid: nach der Blume tasten. Daß sie blind war, sah er erst jetzt. Aber nicht, wie blind es ihn schon zu ihr zog. Zu ihr hinab sich beugend – die kürzeste Reise je eines Verliebten –, nahm er ihre Hand und hob das Mädchen auf. Sie dankte, tastete nach seinem Revers und zog ihm die Blume ins Knopfloch.

Die Blinde hielt den Tramp für einen reichen Mann. Aus großem Wagen hatte sie ihn eben noch aussteigen hören. Ahnte nicht, daß er sich da nur durchgestohlen hatte. Sondern als der Wagen weiterfuhr, rief sie ihm – der immer noch neben ihr stand! – nach, weil er nicht auf sein Wechselgeld gewartet hatte. Dieser reiche, großzügige Gentleman! Und vor *dem* schlich sich der Tramp davon, die Geliebte nicht zu enttäuschen. Denn er hatte erkannt, wer er der Blinden war. Auch welche Rolle er für sie in Zukunft spielen dürfte: als Reicher, als Kavalier, als Gönner. Und letztlich als Retter. Denn er beschaffte ihr das Geld für eine Operation, die es ihr ermöglichen sollte, wieder zu sehen.

»Dich wieder zu sehen?« fragte sie, als er ihr das Geld in die Hand drückte und Abschied nahm.

Beim Türeschließen noch las man seine Lippen. Er antwortete: »Ja«, ohne daran zu glauben. Ohne es sich wünschen zu können. Denn was für ein Wiedersehen wäre das, wenn er ihr keine Rolle mehr spielte?

Kurz darauf wurde der Tramp an einer Straßenecke verhaftet. Man beschuldigte ihn, das Geld gestohlen zu haben. Er verteidigte sich nicht mit Worten. Beschwor nicht seine Unschuld. Sondern nahm auf sich, was kam, bereit, der Welt auch den Dieb zu spielen – *for her sake*, dem Mädchen zuliebe.

An einem 1. Januar – sein Absatz kickt die letzte Zigarette im Bogen durch die Luft – wird er ins Gefängnis geworfen, fällt das Tor zu.

Und hier beginnt die letzte Sequenz des Films, wie alles andere: im Dunkeln.

Denn als er, Herbst ist es jetzt, ohne Stock, ohne Hut, völlig zerlumpt an den Schaufensterläden der Stadt entlangtrottet, der Straßenecke zu, an der er verhaftet wurde, da ist ihm das Grauen der Monate im Gefängnis, das Unrecht der Bestrafung, tief ins Gesicht gezeichnet. Den Nacken hält er eingezogen, als erwarte er nur weitere Schläge.

Zwei *newsboys*, die an der Ecke Zeitungen verkaufen, erkennen den Tramp. Mit Schüssen aus dem Blasröhrchen wird er von ihnen gepiesackt. Geschwächt und müde ist er, protestiert kaum, als er, an ihnen vorbei, um die Ecke trottet.

Nochmal wird er vom *peashooter* getroffen. Blickt über die Schulter zurück, wie ein geschlagener Hund. Behält seine Quäler schrittlang im Auge.

Und sieht dabei nicht, was wir schon sehen. Kann nicht sehen, was wir bereits erkennen. Ist vor Demütigung blind für das, was jetzt zu sehen wäre.

Denn hinter ihm, im großen Schaufenster des Blumenladens, sitzt bei der Arbeit: Die junge Frau, die ihm damals die Blume verkaufte.

Anklagend noch deutet der Tramp auf die Jungs, die nicht aufhören, ihn zu nadeln. Sieht so auch nicht, daß man hinter ihm Blumenreste aus dem Laden fegt. Sekunden später bemerkt er –

Im Rinnstein:
das Weggeworfene.
Eine Rose.
Bückt sich
sie aufzuheben.

Von hinten kommt, rasch heran, einer der Jungs. Grapscht dem Gebückten einen Unterhemdzipfel aus der zerschlissenen Hose. Wütend reißt der Tramp den Fetzen wieder an sich, rennt dem Kerl hinterher

beschleunigt und
großen Schritts
hat ihn fast,
aber –
steht schon wieder.
Kickt dem Bengel nur hinterher.

Hinterm Schaufenster des Blumenladens sieht die junge Frau zu. Lacht mit der Blumenfegerin über den zänkischen Tramp: Wie komisch, ihn den wiedergewonnenen Fetzen auch noch falten, sich damit schneuzen und in die Tasche fürs Kavaliertuch stecken zu sehen!

Jetzt aber – aus *ihrer* Sicht hinterm Schaufenster sehen wir's:

Beginnt das Lumpenmännchen sich . . .
umzudrehen.
Noch gedemütigt blickt er.
Noch im Wenden.
Und da!
Sieht er sie?
Sieht er sie und . . .?
Steht er still?
Stillstehend sieht er sie an.
Und alle Zeit
steht still.

Hinter ihm tobt der Verkehr, Passanten hasten vorbei, Sonnenlicht sprüht durch den aufgewirbelten Straßenstaub.

Aber stillstehend er.
Hat sie erkannt.

Und auf sein erstes Erschrecken über das Unverhoffte folgt Freude. Nur die. Erwartet nichts von ihr. Ist nur die.

Kein Zeichen gibt er, wer er ihr sei.
Er lächelt sie an nur.

Steht da.

Die Kehrichtrose in der Hand.

Von ihren Augen

läßt er nicht ab.

Und sie lacht, durchaus amüsiert, über den armen Trottel. »Da hab ich ja eine Eroberung gemacht«, sagt sie und lacht über die Schulter zur Blumenfegerin.

Und als sie sich herwendet wieder: steht er immer noch da. Lächelt sie an. Da bemerkt die junge Frau, daß ihm – so fest pressen sie seine aufgeregten Finger – die Blätter der Rose abfallen.

Und zieht aus der Vase und hält ihm – hinter Glas – gleich die neue bereit.

Aber ohne zu wissen,

hält ihre Hand hin

die Rose.

Wie damals.

Trifft ihn. Sie winkt ihn noch her: Soll er doch in den Laden kommen, die Blume sich holen. Aber der Tramp, an sie verloren, sieht sie nur immer noch an. Sieht sie sagen: »Oh, ich weiß, was du willst. Warte . . .« Schon blitzt ein Geldstück in ihrer Hand. Auch das hält sie hin. Blume und Geldstück. Unverwandt schaut er auf sie.

Erschrickt er?

Als sie aufsteht?

Zu ihm zu gehen?

Er wendet sich ab,

humpelt ängstlich davon.

Sie tritt aus dem Laden, ruft dem Tramp hinterher.

Und drei Schritte entfernt . . .

Bleibt er stehen?

Wendet sich um,

sieht das Geldstück, das sie ihm hinhält. Das er wie ein Kind sich verdienen und abholen soll.

Aber er kommt nicht

weg von ihren Augen.

Lächelt sie an.

Da zieht sie die Hand mit dem Geldstück zurück, hält hin die Hand mit der Rose.

Und zögert er?

Stehenbleibend streckt er den Arm nach der Rose. Holt sie aus ihren Fingerspitzen zu sich zurück. Hält sie beidhändig jetzt.

Und sie?

Fast etwas unwillig übers mißachtete Almosen tritt sie rasch zu ihm hin, greift am Gelenk seine Hand, preßt ihm das Geldstück hinein. In der Handkuhle vergräbt sie's ihm, wie es gütige Großmütter tun, wenn sie Kindern geben und nie mehr zurückhaben wollen.

Ja, sie patscht ihrem armen Mann noch
die Hand,
begütigend, gute Tat.
Fühlt diese . . .
Hand –
Und
da!
Jetzt!! . . .

SPRINGT es über auf uns, die wir nicht sehen. Denn wir *sehen* nicht, was sie sieht. Sondern fühlen, was sie ertastet, mit ihrer Hand jetzt erfährt. Erfahren mit ihr, was *in* sie fährt wie in *uns*.

Ernst sieht sie ihn an
Fühlt und streicht seine Hand
Läßt nie mehr jetzt ab
von den Augen . . .
Denn da:
In diesem Augenblick:

war das Andere. Ganz Andere. Es sprang über auf sie wie auf uns. War nicht zu sehen gewesen. Und alles Sehen half nicht mehr, auch der hilflosen Frau nicht, die

erkannt hatte.
Mit der Hand an der Wange
ihn anstarrend.
Sekunden so.
Dieses Bild.

Und den Händen ein eigenes Bild jetzt: Ihre Hand liegt auf seiner. Über die Knöchel der Finger

fährt sie ihm streifend
tastend den Arm
hoch zur Schulter,
kreuzt rasch zum Revers
in das blind

sie die Blume flocht.

Damals.

Verlegen sieht er sie an und lächelt. Hält quer-verlegen vor seinen Lippen die Rose. Auf ihr *»You?«* nickt er still.

»You can see now?« fragt
der Tramp,
und das Mädchen
antwortet ihm:
»Yes, I can see now.«

Alles hat sich ihr verwandelt, auch der Sinn dieser Worte. Gefunden hat sie den, der verloren war. Verloren hat sie den, der gefunden war. Sie hält seine Hand, läßt nicht los, was sie trennt.

Denn sie sieht.
Wird gesehen.
Läßt ihn nicht los.

Und langsam verdunkelt sein Bild. Erst werden unsichtbar Stirn und Mund, dann das Auge, dann aber das Ohr, zuletzt die Rose.

Es ist diese Szene des Wiedererkennens in *City Lights*, die Chaplin für mich so unbegreiflich macht. Hier ist etwas. Die Hände. Die wir nicht »fühlen« können. Das »Fühlen«, das wir nicht sehen können – und doch kam's aus dem Sehen.

Wir »sahen«: etwas sprang über. Unsichtbar. Das ist der Moment. Dieser: des Haltens, Gehaltenwerdens, Erkennens.

Und was erkennen wir im Halten, Halten der Hände? Den Anderen. Erkennen, was nicht zu sehen war.

Auch im Film nicht. Denn das ist die Kunst: Im höchsten Moment verneint sie ihre eigenen Mittel, gibt auf – und geht damit über das Ziel. Der Film spricht dann: Ich bin blind. Als wäre bruchsekundenlang die Blindheit des Mädchens, ihr Unvermögen zu sehen, übergesprungen auf uns. Als hätte uns dieser Moment der Blindheit *sehend* gemacht.

Denn wir »sehen« jetzt, was nicht zu sehen war. Wir fühlen. Hier, in diesen Händen, in solchem Berühren war das Unsichtbare: sichtbar gemacht.

Nicht nur hat Chaplin diesen Film – immerhin drei Jahre Arbeit – nur wegen dieser Szene geschaffen, alles darauf hinarbeiten lassen. Er hat auch nur gelebt, so sage ich, für diese eine Szene. Man darf hier übertreiben. Denn hierhin geht jetzt alles. Hier ist die Essenz.

Das Einfachste: *The visual is denied.* Das ist das Große. Das Sehen wird zurückgewiesen, vom Seher, Chaplin. Dem Medium, in dem er arbeitet, wird widersprochen. Und Eingang geschaffen einem anderen, Größeren. Dem Fühlen der Hand, die dem Sichtbaren vernichtend widerspricht. Denn was die Hand fühlt, ist unsichtbar.

Jetzt aber da!

Sekundenlang da.

Im Erkennen hat das Mädchen den Toten erweckt. Und: sich verwandelt. Denn die ihm tot war, lebt jetzt nur noch, ihn zu sehen. Aber sehend wurde sie, um zu erkennen, sehend erst, als der Tramp das Licht von sich zog, in die Dunkelheit ging, im Gefängnis ihr unsichtbar wurde. Auch in der Erzählung Chaplins bleibt sein Leiden dort unsichtbar: ausgelöscht, unerzählt, dunkel. *Diese* Dunkelheit war es, die ihr das Augenlicht wiedergab. Nur so auch wird der Erfolg ihrer Operation glaubhaft.

Jetzt aber umgekehrt: Als Sehende erkennt das Mädchen und holt den Gefangenen für immer aus seiner Dunkelheit.

Solches Erkennen ist Totenerwecken.

Und darüber gehst du nicht hinaus. Dafür ist alles, was ist. Lebendig zu werden durch dich. Dich zu leben. Dafür ist alles.

Dahin geht er als Erzähler, Chaplin. Und nicht darüber hinaus. Nur *da*hin. Das ist der Moment. *You end it there.* Du erzählst nicht weiter. Das ist der Moment: Die Welt, die ich sah, die Welt, *wie* ich sie sah: liegt zerstört. Widersprochen hat ihr ein anderes. Mächtiger als ich.

Aber das, immerhin, dieses Größte, hat er gefangen, Chaplin, zog es ins Netz und zieht es uns zu. Danach kein Bild mehr. *Fade Out.* Ende des Stummfilms.

Schon höre ich eine amerikanische Freundin sagen: »Was soll dieser Schluß zum Schluß? Ich habe gesehen, habe verstanden. Auch den Sinn der Geschichte, Sinn jener letzten Szene. Die Blinde sieht wieder. Sieht, daß er anders aussieht, als sie sich's vorgestellt hatte. Kein reicher Kavalier, nur ein armer Hund. *Heartbreak City, so what?* Was sollen deine Bemerkungen zum . . .«

»Zum Erkennen im widersprochenen Sehen?«

»Whatever . . .«

»Eben«, sag ich. »Ich sprach von *meinem* Chaplin. Jedem den seinen. Ich habe nur destilliert, was diesen heiligsten Moment der Filmgeschichte – der das filmische Sehen letztlich verneint – mit anderen Momenten verbindet.«

»Aber bitte jetzt keine Filmgeschichten mehr«, sagt die Freundin. Das sei doch nur Erfundenes. Und klar könne man darin finden: *»whatever you like.«*

»Nichts Erfundenes werd ich dir erzählen«, sage ich. »Wirklichkeit, wie du sie liebst. *Reality TV. With a bit of blood.*«

»Was ist denn passiert?« fragt sie neugierig.

»Hier, vor deinem Apartment«, sage ich.

»Was denn? Am Pool?«

»Tut mir leid«, sage ich. »Nicht *ganz* so nah. Aber einen Block weiter, Ecke Cedros und Dickens Street. Gestern. Ich kam vor Sonnenuntergang vom Zeitungsstand nach Hause, da sah ich auf dem Fußgängerweg eine alte Frau liegen. Ein paar Leute standen neben ihr. Sie lag rücklings auf den noch warmen Steinplatten. Und fror. Jemand hatte ihr eine *Thrifty's*-Einkaufstüte unter den blutenden Kopf geschoben. Sie sei hingefallen, sagte die alte Frau. Gestolpert. Ein Krankenwagen war schon gerufen worden. Aber sie wollte nicht, daß man ihr Altersheim verständigt. ›Sonst lassen die mich nicht mehr raus‹, sagte sie. Ich habe mich neben sie hingekniet, weil sie immerzu fror. Und hier – jetzt! – geschah etwas. War fremd, unheimlich, bestürzend-vertraut. Denn während ich sie ansah, griff ich nach ihrer Hand, sie zu halten. Berührte dabei – weil ihre Handfläche nach unten lag – erst ihre Finger. Und ihre Finger schlossen sich von oben um meine. So daß ich von ihr, sie von mir, die Hand nur bis zum zweiten Fingerknöchel zu spüren bekam.

Und da: unterscheidet die Hand noch nicht!

Bis zum zweiten Fingergelenk, dem mittleren, könnte, so scheint es, die Hand »noch jedem« gehören. Und weil ich nur Stunden zuvor *deine* gehalten hatte, war ich an deine Hand erinnert, nein, hielt in diesem Moment: deine Hand. Und schaute dabei in ein altes Gesicht, Gesicht jener Frau, die hingefallen war. In DEIN Gesicht. Verwandelt sah ich dich. Die alte Frau, die Fremde aber: als Ganz-Nahe jetzt, Vertraute. Und nicht durch Sinnestäuschung, sage ich. Es ist, als seien unsere Finger ›blind‹, bis hin zum zweiten Knöchel. Um uns sehen zu lassen, daß einer immer schon im anderen beginnt. Dort, an den Fingerspitzen.«

5

Ähnlich weit abgeschlagen hatten mich meine Gedanken zu Chaplins *City Lights* im Wald bei Vevey. Jedenfalls war mir nicht kalt geworden beim Gehen.

Wieviel Zeit war verstrichen? Ich hatte völlig die Orientierung verloren. Nach längerem Herumirren gelangte ich endlich auf eine kleine Lichtung und sah von hier aus den Rauch jenes Feuers nahe der Straße, der mir wieder die Richtung wies.

Plötzlich hatte ich das Gefühl, alles falsch gemacht zu haben.

Ich hätte warten sollen, vor dem Tor zum Manoir warten sollen, auf irgendein Zeichen. Ich hätte mich auf die verstreichende Zeit konzentrieren, die erste halbe Stunde gut abschätzen, mich nach einer knappen Stunde bei der Frau am Lieferanteneingang durchaus wieder melden können.

Verhetzt, verschwitzt und ziemlich verdreckt

erreichte ich die Straße und begann den Rückweg zum Tor.

Ich war schon in Sichtweite, als ein weißer Wagen langsam aus der Toreinfahrt rollte, vor dem Abbiegen kurz am Straßenrand hielt. Vier oder fünf Personen waren im Wagen.

So panisch enttäuscht war ich, daß ich noch auf das Auto zurannte – saß Chaplin darin? – und winkte und »Hey! . . . Hey!!« rief, als der Wagen abbog. Über die Toreinfahrt hinaus lief ich, den Wagen noch einzuholen . . .

Aber ich kam zu spät. Der Wagen war schon bergab unterwegs, ohne daß auch nur einer der Insassen das Waldgespenst bemerkt hätte.

Sollte ich warten? Bis sie zurückkämen? *Or call it a day?* War doch schon alles gelaufen. Wütend war ich über mich. *Das* versäumt zu haben. *Das* verträumt zu haben. War ich hierhergekommen, vor seinem leeren Haus zu warten? Ich lief weiter, immer weiter vom Tor weg, die Enttäuschung war im Stehen nicht zu ertragen. Langsam ging ich bergab, längs der Hecke und ihrer grauen Linie erstarrter Übersteiger. Ich begann mir einzureden, daß der Tag doch gut verlaufen sei. Der Brief wenigstens war in sicheren Händen.

War er's?

Letztlich wußte ich's nicht.

Die Verbindung zwischen mir und dem Empfänger des Briefs war, magisch herbeibeschworen, doch nicht zustande gekommen. Denn ich blieb ohne Antwort.

Im Versäumnis war Antwort. Ich war nah gekommen, ganz nah. Dann vorbeigelaufen. Weitergelaufen. Als hätte ich den Moment der Verbindung selbst nicht gewollt. Nicht wirklich. Sonst hätte ich gewartet. Die eine halbe Stunde.

War das umherstreifende Wünschen schöner gewesen, das Herbeiwünschen des Moments erträglicher als das harte Rechnen, das an Ort und Stelle gerechnet hätte?

Im Weiterlaufen noch wurde mir klar: Hier war etwas, das nicht war. Ich ging an etwas vorbei, das »hätte sein können«, an etwas, das »gewesen wäre, wenn«. Heute morgen hatte noch alles gewartet, war unheimlich präsent gewesen. Zukunftsgewimmel. Fließend-unsichtbar. Jetzt aber geronnen. *Dieser* der Wege, den ich jetzt ging, war *sichtbar*.

Erträumt?

Eher verträumt. Den Umständen zugestanden.

Und das Versäumte? Wo war es hin?

Hatte sich sicher zurückgezogen. Hinterließ dafür nur die quälende Spur: Bild des Verlusts. Bild des verlorenen Augenblicks. Der jetzt Schritt mit mir hielt.

Ich beschleunigte etwas, sah, daß es leichter würde, der Weg nach der ersten Kurve rasch abfiel. Behielt meinen Quäler aber schrittlang im Auge. Beschleunigte also – wie in eine Kuhle hinab –, bis ich . . . verlangsamte, anhielt und – stand.

War ich blind?

Was wäre zu sehen gewesen? Hinter mir bereits zu sehen gewesen. »Im Schaufenster« . . . Wenn ich mich nur umgedreht hätte.

War ich dort oben, dem abfahrenden Wagen

hinterher, nicht an einem *offenen* Tor vorbeigerannt?

Natürlich war es offen, mußte es *weit* offen sein. Wie hätte der Wagen sonst durchfahren können.

Und ein »offenes Tor«, das bedeutete doch: *What the hell are you waiting for*!? Wovor hast du noch Angst? Hol dir die Antwort!

Ich wandte mich um und begann zurückzulaufen. Nein, rannte bergauf zurück. Verrückt! Als könnte niemand das Tor hinterm Wagen geschlossen haben. Als sei *das* nicht möglich. Nie möglich gewesen. Als sei der verlorene Augenblick einzuholen. Noch ungeschehen. Als warte noch alles auf mich. Als warte es, weil es warten *mußte*.

Außer Atem kam ich an.

Die Flügel des Tors standen weit offen. Niemand da, sie zu schließen.

Ohne Zögern lief ich durchs Tor.

An der Hecke, die ich vor Stunden noch ehrfürchtig berühren wollte, rieb ich mir rasch den Dreck von den Schuhen, ging weiter.

Routine. Rex schlug an. Ich verlangsamte. Holte mir beim *King of the Air* etwas Atem ... Niemand kam, niemand rief nach ihm.

In sicherem Abstand ging ich weiter, an seinem Kettenradius vorbei. Nahm jetzt die linke, die kürzere Wegschleife. Auf Brunnen und Müllcontainer zu. Zum unverwechselbaren Lieferanteneingang ...

Routine. Das Gebell brach ab, als der Hund mich an der Treppe halten sah.

Jetzt warten oder klingeln?

Als ich die erste Stufe hochstieg, fiel mir auf, daß der Verschlußdeckel des Müllcontainers nach hinten verschoben war.

Vielleicht sollte ich einen Blick in den Müll tun. Mir das weitere zu ersparen. Mein Brief könnte schon dort gelandet sein.

Sekundenphantasie: Wie ein Tramp würde ich – zunächst ganz diskret – von der Treppe aus die Mülloberfläche untersuchen. Dann im Müll kramen. Fände den Brief aber nicht. Dafür den Einstieg hinab zu Chaplins »verworfenen Seiten«. *Yessir*, und was für Funde! Nicht nur jede Menge zu rettender *projects & rejects* ... Ich tauchte hinab zu süßen Skizzen, zu der Phiole Nasenblut von Marvellous Mabelle, zu Hettys Hairpin, Killerträumen, zu Litas Lokken, Carnal Karno, den *bathing beauties* Windelweich & Cherry-Red, und fände, ganz-ganz unten: die Kehrichtrose.

Ich klingelte.

Kurz darauf öffnete ein schwarzgekleideter Butler. Aufs Haar glich er dem Diener in *Citizen Kane*, der nach Kanes Tod die Reporter durch die Hallen Xanadus führt: als sei er jetzt Herr des Hauses.

»Sind Sie der *jeune homme*, der den Brief an Sir Chaplin geschrieben hat?« fragte er.

Peinlich. Ich hatte meinen Brief keineswegs an den zum Ritter Seiner Majestät geschlagenen *Sir*, sondern an *Dear Mr. Chaplin* gerichtet. Das *Sir* des Butlers klang zurechtweisend. Überhaupt: Woher wußte er von dem Brief? Ich hatte ihn doch der Frau-in-Weiß gegeben. Hatte die ihn zurückgehalten, weil er nicht korrekt adressiert war? Jedenfalls gestand ich:

»Oui.«

Der Butler fuhr jetzt feierlich fort: »Lady Chaplin bat mich, Sie hereinzulassen.«

Ich war versucht, schnell hinter mich zu blicken. *Does he mean me?*

Dann ein Moment, den ich nie vergessen werde: Die Türe, jetzt weit geöffnet . . . Die Schwelle ins Haus, über die ich in Zeitlupe trete.

Alles beginnt im Dunkeln. In einem dunklen Gang.

Der Butler geht mir voraus. Raschen Schritts. Als wisse er, daß mein Auge überall verweilen will. Rechts: eine verschlossene Tür. Die ich nur sehe, weil es jetzt heller wird. Ganz hell schließlich.

Eine große, makellos blankgeputzte Küche, in die er mich führt. Der Himmel der Lieferanten. Verwirrend-perfekte Symmetrie der Küchenschränke, der Unter- und Oberschränke. Alles ist weggeräumt. Alles. Nirgendwo Glas, Besteck, Frucht, die herumlungern würde. In der Mitte ein leerer Tisch: riesig und zum Darüberstreichen glatt. Aus einem Abzug, der kronengleich über der Tischebene glänzt, hör ich ein leises Pfeifen. Gespenstisch.

Jenseits des Tischs am Küchenausgang sitzt eine kleine, ehrwürdig aussehende ältere Dame auf einem Barhocker. Sie häkelt.

Der Butler hält, stellt mich ihr vor.

»Das ist der *jeune homme*, der den Brief an Monsieur geschrieben hat.«

»Oh, jener Brief«, lächelt die Alte ehrwürdig und nickt. Auch sie scheint ihn gelesen zu haben. Sie reicht mir die Hand. Ich verneige mich. Da fällt ihr das rosa Häkeldeckchen zu Boden.

»Oh!« ruft sie wieder.

Aber hier kann nichts schmutzig werden. Der Butler blickt nach unten.

Warum zögert er?

Wir alle sehen nach unten.

Das Deckchen ist auf einem schmutzigen Schuh gelandet. Hecken- und dreckverkratzt steht ein zweiter daneben.

Sofort will ich mich bücken. Aber der Butler

ist schneller an meinem Schuh. Wortlos hebt er die Handarbeit auf.

Klopft er sie ab? Fast unmerklich.

Mit wohlwollendem Lächeln reicht er sie der Dame zurück. Sie selbst gibt vor, überhaupt nicht nach unten gesehen zu haben.

»Oh, *merci.*«

Als sie sich von mir verabschiedet, sehe ich den Butler aus dem Augenwinkel meinen Weg nach Spuren beäugen.

»Alors au revoir, Monsieur.«

»Au revoir, Madame.«

Er führt mich weiter. Nochmals einen unbeleuchteten Korridor hinab. Diesmal silhouettiert ihn keine Lichtquelle vor uns, verschwindet er ganz im Dunkeln. Kurz darauf höre ich seine Schritte halten. Er öffnet eine kleine Tür zur Rechten, aus der Tageslicht in den Gang fällt, und bittet mich einzutreten.

Ein schmaler Raum mit langem Bauerntisch. Der Butler schließt die Türe hinter uns. Er bietet mir einen Sitz an, was ich vor Aufregung überhöre. Ich bleibe stehen.

Wieder der feierliche Ton. »Madame« habe meinen Brief, nachdem Chaplin aufgewacht sei, »Monsieur« vorgelesen ...

Pause.

Als er sieht, welche Wirkung er mit der einfachen Feststellung bei mir erzeugt, lächelt er. Gar nicht ungütig.

Daß meine Worte, die niedergeschriebenen, auch nur eine kleine Zeit lang von ihrer, von Oonas Stimme lebendig gemacht, in Chaplins Ohr gedrungen waren, an Ohrmuschel und Schmalzdrüsen vorbei nicht nur Trommelfell, Hammer, Amboß und Steigbügel in Bewegung gesetzt hatten, als Schwingungen von der Labyrinthflüssigkeit des Innenohrs absorbiert worden waren, das schallempfindliche C. C. C. Organ – Charlie Chaplins Cortisches also – erregt hatten, sondern gleich weiter im Staffellauf von den Hörnerven übernommen und bis zum Hörzentrum in sein Gehirn gelangt waren: eine komische Vorstellung. »Gleichzeitigkeit«, die mir immer bleiben würde. Sie nachzuvollziehen, sie mir in ihren einzelnen

Etappen immer wieder vorzustellen: *great joy indeed.*

Der Brief müsse Chaplin, fährt der Butler fort, wohl sehr berührt haben.

»Nach dem Vorlesen hat er geweint.«

»Geweint?«

Der Butler schließt die Augen. *So* wenigstens habe es ihm Madame geschildert.

Er sieht, wie unangenehm mir das ist.

»Vielleicht . . . hat sich Monsieur bei Ihrem Brief an etwas erinnert.«

»Erinnert?«

Wieder pausiert er.

»An etwas aus seiner Vergangenheit.«

Er läßt mich Atem holen. Lächelt.

»Jedenfalls *hat* Monsieur hier etwas für Sie.«

Ein wenig geziert schwenkt er zur Seite, wie ein Manegendiener Sicht frei gebend auf die Überraschung des Abends:

Auf dem Tisch liegt etwas. Schon beim Eintreten hatte ich es gesehen, aber nicht weiter beachtet.

Ein ockerfarbenes, großes Kuvert.

Ich habe es heute noch.

Der Butler stellt mit Befriedigung fest, daß ich viel zu nervös bin, die drei Schritte darauf zuzugehen.

Er überreicht es mir selbst.

Das Kuvert ist offen.

Ich falte die Klappe des Umschlags zurück und finde:

Ein Photo Chaplins.

Er steht in dunklem Jackett auf der Veranda des Manoir, blickt in den Garten.

Unter dem Photo: ein schmaler weißer Abschnitt.

Da ist etwas zu lesen. Seine zitternde Hand hat hier in schwarzer zierlicher Schrift vermerkt:

Thank your letter –
Charlie Chaplin

Jetzt muß ich mich doch setzen. Der Butler sieht es mit Genugtuung.

Er rückt mir den Stuhl am Tischende zurecht. Erst hier bemerke ich die Waschmaschine dahinter, deren Trommel zum Glück nicht rotiert. Mir wäre schwindlig geworden.

Er fragt, ob er mir etwas Kaffee bringen könne, und verläßt dann »diskret« das Zimmer.

Ich lege das Photo auf den Tisch. Damit meine zittrigen Hände beim Betrachten nur nichts verwischen.

Ohne Berührung allerdings wirkt das Photo wieder fremd. Als betrachtete ich ein Ausstellungsstück hinter Glas. Das Dokument eines Fremden. Was es nicht mehr ist, sobald meine Finger das Photo am Rand berühren.

Denn dann meint es *mich*, den zweiundzwanzigjährigen Reisenden, ist mir zugesprochen. Erst in Berührung der Hand lebt das Bild. Seltsam. Auch seine Schrift spricht *mir* erst zu, weil sie ausgelöscht werden könnte – von mir.

Der Butler kehrt zurück. Mit einem Silbertablett, darauf zwei Tassen Kaffee und eine Schale Plätzchen.

Ich schiebe das Photo ins Kuvert. Sicherheitshalber.

»Dieses Bild hat . . .«, der Butler zögert mit dem Respekt des Historikers, nicht des Fans, spricht aber dann doch ihren Vornamen aus, ». . . hat Oona vor einigen Jahren aufgenommen.« Sofort nimmt er wieder Abstand. »Madame ist vorhin mit den Kindern nach Vevey gefahren . . .«

»Ohne Monsieur?« frage ich und ahne schon: Chaplin ist noch im Haus!

Der Butler nickt. »Selbstverständlich ohne Monsieur.«

»C'est dommage«, sage ich. Und höre, daß es klingt wie: Schade, daß mir die andern entwischt sind. Ich gestehe dem Butler zwar nicht, daß ich Oonas Wagen in meinem Wahn noch aufhalten wollte, kann mir aber nicht verkneifen:

»Und Geraldine? War Geraldine im Wagen?«

Nein, die sei schon wieder in Spanien.

Ich bin beruhigt.

»Dafür kam sie schon vor einem Monat hier an.« Der Butler schweift ab, als wolle er mir beweisen, wie schwer es sei, das Kommen und Gehen des Chaplin-Clans zu koordinieren.

Chaplins Sohn Sydney sei ja auch nicht mehr hier, sondern gerade in Gstaad. Fliege aber bald wieder nach L.A., denn dort habe er ... –

Ich wage zu unterbrechen. Frage, ob Chaplin jetzt wach sei.

Er schüttelt den Kopf.

»Monsieur est très bas.«

Es gehe ihm nicht gut. Monsieur schlafe schon wieder. Er schlafe sehr viel dieser Tage. Wache immer wieder mal auf, um zu essen oder ein wenig fernzusehen. Er habe zwar ein ausgezeichnetes Herz, einen ausgezeichneten Appetit, aber sein Gedächtnis lasse in letzter Zeit nach.

»Mit seinen 86 Jahren hat er immerhin ein erfülltes Leben gehabt«, sagte der Butler ruhig und sachlich. Als stünde Chaplins Tod täglich bevor.

Ich gehe, durchaus unbewußt, dagegen an. Frage ihn nach Chaplins großem Projekt, *The Freak*.

»Ach, da geht es um ein Mädchen, das mit Flügeln zur Welt kommt.«

Soviel wußte ich auch.

»Schreibt er denn noch daran?«

Nein, es sei abgeschlossen. Chaplin habe es für Victoria, seine Tochter, geschrieben. Sogar mechanische Flügel für sie entworfen und bauen lassen.

»Soviel Arbeit, soviel Hin und Her«, meint der Butler und stöhnt, als wolle er sagen: Auch für uns! »Aber ... das ist ja jetzt vorbei. Abgeschlossen.«

Der Butler trinkt seinen Kaffee.

»Schon sechzehn Jahre bin ich jetzt im Haus.« Nach einer Pause sagt er: »Immerhin.«

Dann schweigt er wieder.

In der Stille kommt es mir sekundenlang vor, als hörte ich Chaplin sich in einem der oberen Zimmer bewegen. Was, wenn ich jetzt bei ihm anklopfen würde? Mein Ohr an seine Tür legte? Würde ich sein ruhiges, gleichmäßiges Atmen hören? In meinen Gedanken trete ich in jenes Zimmer im ersten Stock, in dem ich Licht gesehen hatte:

Ein Sessel am Fenster. Daneben geöffnete Kartons und Kisten. Leise komme ich näher. Federn am Boden. Federn? Hat er hier ein Huhn geschlach – . . .? Plötzlich rutsche ich aus, fliege . . . und kann mich gerade noch fangen. Umklammere eine Puppe aus Eisen und Draht, die in der Mitte des Zimmers steht. Mottenkugeln rollen mir voraus. Ich richte mich vorsichtig an der Puppe auf. Jetzt, von der Seite, sehe ich: den eingeschlafenen Alten. Artifex . . . Urvater. Er lehnt tief im Sessel. Auf seinen Knien: die ausgepackten Flügel seines Mädchens. Und in den weißen Haaren über der Stirn, . . . was hat er da? Ich komme näher, sehe: *Er* ist der Freak. Ein Menschenengel mit den Hörnern Pans.

Der Butler räuspert sich.

»Hätten Sie lieber etwas anderes gehabt? Tee oder . . .«

»Nein, nein. Vielen Dank. Der Kaffee ist noch heiß, wird mir guttun.«

Ich blase eine imaginäre Feder von der erhobenen Tasse.

»Sieht Chaplin sich manchmal noch seine Filme an?«

»Oh, ja«, sagt der Butler. »Dann hole ich entweder den Acht- oder den Sechzehn-Millimeter-Projektor vom Speicher. In sechzehn Millimeter haben wir alles da. Manchmal zeige ich Monsieur die alten Filme allein. Aber auch wenn die Familie zusammenkommt, wird immer ein Film gezeigt. Man kommt, wie ich Ihnen sagte, noch oft zusammen. Immer an Weihnachten. Da kommen sie alle. Diesmal habe ich *City Lights* gezeigt, ... davor *Limelight*.«

»*City Lights*, wirklich? An Weihnachten?«

»Monsieur wollte *City Lights* sehen«, sagte der Butler. Läßt dabei spüren, daß *er* für jenen Abend jedenfalls einen anderen Titel passender gefunden hätte.

»Ich würde Chaplin gerne schreiben, wenn ich wieder in Los Angeles bin«, sage ich. »Ihm erzählen, was mir heute geschehen ist. Von den offenen Türen und Toren, den wunderbaren Zufällen. Mich auch für das Photo bedanken. Könnten Sie mir die genaue Adresse hier geben?«

Kurz darauf kommt er aus dem gegenüberliegenden Zimmer mit einem Paket-Aufkleber zurück. Er setzt sich neben mich und streicht mit rotem Filzstift den Namen *Oona Chaplin* aus der Adresse des Senders. In Großbuchstaben setzt er darüber: »G. Canese«.

Mir wird klar, daß er mich mißverstanden hat. Er denkt, der zukünftige Brief sei ihm bestimmt. Denkt und wünscht also nichts anderes als ich vorhin: Er will gesehen, will gemeint sein. Ich werde zwei Briefe schreiben müssen. Einen an G. Canese. Den anderen an Chaplin.

»Wofür steht denn das ›G.‹?« frage ich ihn.

»Gino«, sagt er, schlicht und stolz.

Draußen regnete es, wurde schon dunkel. Da bot Gino Canese an, mich zum Bahnhof zu fahren.

Auf welchem Weg wir das Haus verließen,

weiß ich nicht mehr. So groß war das Glücksgefühl. Unbegreiflich, dies alles wegtragen zu dürfen *and live to tell the tale.* Denn jetzt ging es wieder nach draußen, zurück in die Welt.

Auf dem Weg zum Auto beschimpfte Gino den Hund, der wieder zu bellen begann.

»Das tut er sonst nicht, wenn ich dabei bin«, meinte Gino und fuhr den Hund an:

»Cochon!«

Rex ließ ab.

Und ich dachte: Der Hund schlägt an, wenn ein Dieb sich nähert. Reich wie ein Dieb ging ich an ihm vorbei.

Wenige Schritte gegenüber lagen die ehemaligen Reitställe, die man zu Garagen umgebaut hatte. Das Auto, ein dunkelblauer BMW, war hier untergebracht.

Wir stiegen ein.

Gino deutete auf meinen Platz: »Da sitzt auch Monsieur immer, wenn ich ihn fahre.«

Machte sich der Butler über mich lustig? Oder nahm er nur teil an meiner Freude? Vielleicht war hier etwas aus *seiner* Vergangenheit, an dem er durch mich wieder teilhatte: Die Aufregung, die Gino verspürt haben mußte, als *jeune homme* in diesem Haus Anstellung zu finden. Unwürdig glücklich war ich, lehnte mich tief in Chaplins Sitz zurück.

Was konnte jetzt noch schiefgehen? Gino fuhr den Wagen rückwärts aus der Garage. Rex begann wieder zu bellen. Ich wollte mich anschnallen. Aber Chaplins Wagen besaß keine Sitzgurte. Eine unsinnige Angst kam auf, als müsse das alles noch in einem blutigen Unfall enden.

Warum?

Weil man sich solche Tage nicht ungestraft stiehlt.

Als wir losfuhren ins Dunkel, durch die noch offenen Torflügel des Manoir, sah ich nicht mehr zurück.

Handgehalten lag Chaplins Bild auf meinem Knie. Wie zum Zeichen.